ÉPANCHEMENS

D'UN

JEUNE CŒUR.

ÉPANCHEMENS

D'UN

JEUNE CŒUR,

PAR F. DE S.***

Acque attingiamo à non vietato fonte.

A LYON,

CHEZ RUSAND, LIBRAIRE, IMPRIMEUR DU ROI.

A PARIS,

CHEZ BEAUCÉ-RUSAND, LIBRAIRE,

RUE DE L'ABBAYE-S.-GERMAIN, N.° 3.

1821.

LE VAGUE DES PASSIONS

AU

PRINTEMPS DE LA VIE.

STANCES

DÉDIÉES A M. LE VICOMTE DE C.*****

> Le pays des chimères est en ce monde le seul digne d'être habité ; et tel est le néant des choses humaines, que, hors l'être existant par lui-même, rien ici bas n'est beau que ce qui n'est pas !
>
> J. J. R.

PREMIER ÉPANCHEMENT.

Déja sur l'horizon, succédant à l'aurore,
Le matin de ma vie a redoublé ses feux ;
De ses rayons plus vifs l'astre du jour colore
Cet avenir lointain, qu'interrogent mes yeux.
Un sentiment nouveau vient troubler ma jeune ame,
Et d'un vide effrayant je sens remplir mon cœur.
Je sens, tout embrasé d'une secrète flamme,
Qu'il existe un objet qui manque à mon bonheur.
Jusqu'ici, des seuls jeux de ma naïve enfance,
Tranquille, j'occupois mes innocens désirs;
Tout rempli du présent, dans ma douce ignorance,
A de bruyans ébats je bornois mes plaisirs.
Aujourd'hui ces objets de mon jeune délire,
Ont perdu leurs appas et leur charme à mes yeux :

Je soupire .... et ne sais pourquoi mon cœur soupire;
Je désire .... et ne sais ce qu'appellent mes vœux.
Je porte mes regards sur la nature entière,
Je cherche dans son sein l'objet de mon ardeur;
J'adresse mes soupirs aux enfans de la terre,
L'homme ni l'univers n'entendent point mon cœur.
L'astre du jour naissant me voit dans la campagne
Du matin contempler le spectacle touchant;
Le soir il me revoit, errant sur la montagne,
Fixer mes yeux distraits sur son orbe couchant.
Tous ces aspects si beaux, que sa lumière anime,
Vont réveiller en moi cet étonnant désir;
Mais aucun ne me dit, dans sa pompe sublime :
Voilà quel est l'objet qui seul peut le remplir!
Que de fois, transporté d'une brillante image,
Contre moi m'indignant de mon humble destin,
Des héros du vieux temps et de ceux de notre âge
Le noble souvenir fit palpiter mon sein!
Là, c'est La Bourdonnai; défenseur de la France,
Sur la tribune assis il se montre à mes yeux;
Là, je le vois tonnant, dans sa mâle éloquence,
Subjuguer l'auditeur, vaincre les factieux.
De la religion c'est le chantre sublime,
D'une main soutenant le royaume des Francs,
De l'autre suspendant aux débris de Solyme
Ses tableaux tour-à-tour ou graves ou charmans.
C'est Lescur haranguant cette fidèle armée,
Qu'assembla le devoir, et que guide l'honneur;
Lescur qui, noble chef des fils de la Vendée,
Fait trembler les tyrans, et brave leur fureur.
Qu'ils sont grands, ces mortels, et que juste est leur gloire!
Leur siècle avec respect consacre leur renom,
Aux âges à venir en transmet la mémoire....
Et moi, mortel obscur, nul ne saura mon nom!
Quoi donc! seroit-ce là de mes vœux le mystère?
Un beau désir de gloire occuperoit mon cœur?
Le sentier, qui conduit au-dessus du vulgaire,
Seroit-il le chemin qui conduit au bonheur?

Mais vous, foibles mortels, dont le cœur insensible
Ne sut jamais répondre à mes soupirs brûlans,
Comment pourrois-je encor, dans mon ardeur pénible,
Attendre le bonheur de vos vains jugemens?
A mon cœur immortel qu'importe ce vain lustre,
Que donne le hasard, que ravit le trépas?
Serois-je donc plus grand pour être plus illustre?
Serai-je plus heureux? non, je ne le crois pas.
Eh! qui plonge mon cœur dans la mélancolie
A l'aspect d'une tombe, ou d'un vieux monument,
Lorsque sur les débris de l'antique Italie,
Je m'arrête, soupire, et m'assieds tristement?
Ah! c'est que du milieu de ces débris funèbres,
Il s'élève une voix, dont le lugubre son
Me crie : De l'oubli contemple les ténèbres;
Souviens-toi qu'ici bas la gloire n'est qu'un nom.
Mais, du fond de mon cœur, une autre voix plus tendre
Me crie : O vain mortel, où s'égarent tes vœux?
Aime un objet sensible, et qui sache t'entendre;
Aime : c'est l'amour seul qui peut te rendre heureux.
Ah! je le sens trop bien : quand mon cœur surabonde
D'un vague sentiment qu'il ne sait où verser,
Je vais cherchant en vain, dans quelque coin du monde,
Un ami, vers lequel je puisse m'élancer.
Mais quand, dans cette foule, insensible vulgaire,
Un mortel, un ami répondroit à mon cri,
Hélas! il pourroit bien partager ma misère;
Mais comment me donner ce qui n'est pas en lui?
Oui, tout me le redit : à mon ame bornée
Il manque un complément, pour lequel je suis fait;
Et mon cœur inquiet, plein d'une ardeur innée,
Par son immense amour, appelle cet objet.
Il doit tout posséder ce qui manque à mon être;
De quels dons par ce vœu n'est-ce pas l'enrichir?
Hélas! plein de néant l'éternel me fit naître!
Je ne suis tout entier qu'un immense désir.
Accours, être parfait; ton seul penser m'enchante;
Quand ta grandeur devroit de son poids m'opprimer,

Accours, que je te voie! accours.... Mon ame ardente
Souffre moins à souffrir qu'à vivre sans aimer!
O céleste beauté, que souvent j'ai rêvée,
Ici, si tu pouvois à mes yeux te montrer!
Si je pouvois te voir de ces appas ornée,
Dont mon vague désir se plut à te parer!
A cet être idéal je prêtois mille charmes :
L'haleine de l'amour, un sourire enchanteur,
D'une céleste voix les invincibles armes,
Des Grâces la démarche, et l'œil de la pudeur.
De ses propres trésors la belle rougissante
Craignoit de les offrir au secret du désert.
Sa bouche s'entr'ouvroit.... D'une douceur charmante,
Et son cœur et sa voix soupiroient de concert.
J'animois ce beau corps d'une ame encor plus belle;
L'innocence et l'amour se partageoient son cœur;
Et ce cœur, tout brûlant d'une flamme immortelle,
N'attendoit qu'un objet de sa céleste ardeur.
Fille de mes amours, si dans quelque retraite
Tu peux te dérober à mes brûlans soupirs,
Ah! daigne te montrer.... Mon ame satisfaite
D'un seul de tes regards comblera ses désirs.
Ainsi vais-je criant, lorsque dans la campagne
Je m'assieds tristement, rêvant à mon amour;
Et cependant mes yeux errent sur la montagne
Que dorent foiblement les derniers feux du jour.
Quelquefois, du milieu de ses cavernes sombres,
Que cachent à demi des lierres toujours verts,
Je crois voir s'élever, dans quelque massif d'ombres,
L'objet qui m'arracha tant de soupirs amers.
Salut, ô mon amour!.... Je te vois, je m'élance;
Impétueux, je cours où m'égarent mes sens,
Où mes yeux m'ont flatté d'une fausse espérance;
Et mes bras entr'ouverts n'embrassent que les vents.
Tout-à coup je m'arrête..... O raison trop cruelle,
Pourquoi viens-tu sitôt détruire mon bonheur?
Seras-tu donc toujours à mes désirs rebelle?
Ne me pouvois-tu pas laisser ma douce erreur?

Je m'arrête..... et long-temps sans voix et sans haleine
De mille sentimens je demeure agité;
Puis, d'un pas triste et lent, au travers de la plaine,
Je reprends tristement un sentier écarté.
Tel, ô Châteaubriand, sur ta sublime lyre,
De Réné malheureux tu nous redis l'ardeur,
Lorsque, tout abîmé dans son brûlant délire,
Il marchoit possédé du démon de son cœur.
Quand, bravant les hivers, moins cruels que ses peines,
Il crioit, fatigué de son étrange sort:
Pour emporter Réné dans les terres lointaines,
Levez-vous, levez-vous, orages de la mort!
Hélas! trop possédé d'une vaine chimère,
Je vais cherchant toujours ce qui ne fut jamais;
Qui? moi? j'ose chercher chez les fils de la terre
Un être revêtu d'attributs si parfaits!
Ah! dans un foible corps, dans une ame mortelle
Où trouver l'infini, qui seul remplit mon cœur?
Comment trouver l'objet d'une flamme si belle,
Que jouir ne soit pas détruire mon bonheur?
Je voudrois que cet être, au gré de mon envie,
Comme je l'aimerois, me chérit à son tour.
Ah! dans ce que l'on aime on veut trouver la vie;
D'un tendre sentiment l'on attend le retour.
Il me faudroit encor, pour contenter mon ame,
Que cet objet céleste ignorât le trépas.
Eh! que peuvent sur moi, pour contenter ma flamme,
S'ils sont faits pour périr, les plus charmans appas?
S'il étoit quelque part une source éternelle
D'un amour toujours pur et toujours renaissant,
Ciel! avec quelle ardeur, à ses désirs fidèle,
Mon cœur se plongeroit dans son charme puissant!
S'il étoit.... Qu'ai-je dit?... Puis-je la méconnoître,
Moi, disciple d'un Dieu, cette voix qui me dit:
Ose enfin remonter à la source de l'être,
Pour y trouver l'objet d'un amour infini!
Noble Châteaubriand, l'ami des cœurs sensibles,
C'est toi qui sais guider à ces célestes eaux;

Tes écrits, toujours pleins de charmes indicibles,
Réveillent dans les cœurs des sentimens nouveaux.
De l'amour du Seigneur redis-nous les mystères,
De la religion vante nous les douceurs.
Ah! viens nous consoler dans nos longues misères,
En nous initiant aux célestes ardeurs.
Viens de nos passions nous enseigner l'usage,
Et du Dieu des Chrétiens chante-nous les bontés:
Il est l'appui du pauvre; il console, il soulage;
Source immense d'amour et de félicités.
Le foible est étonné de ses forces soudaines;
Son cœur se fortifie à la voix du Seigneur.
D'un sang plus généreux il sent remplir ses veines;
Il essaye.... en tremblant.... sa nouvelle vigueur.
D'inépuisable amour, salut source éternelle,
Ta seule immensité suffit à mon désir.
Beauté des premiers jours, beauté toujours nouvelle,
Mon amour immortel ne pourra plus finir.
Oh! viens, Châteaubriand, poursuis ton noble ouvrage,
A suivre le Seigneur tu sais nous animer;
De la religion parle-nous le langage....
Assez la prouveront.... toi tu la fais aimer!

DÉCOURAGEMENT
ET
DÉSESPOIR.
STANCES.

Rêvant à ce bonheur.... que je n'ai pas trouvé !

SECOND ÉPANCHEMENT.

Avant de m'élancer au sein de la tempête,
Un instant ici bas j'ai pu croire au bonheur ;
A peine seize hivers chargent ma jeune tête,
Et, déjà détrompé, j'ai connu mon erreur.
  Mon cœur dans l'avenir, au gré de son envie,
Bâtissoit des projets, dont l'espoir est perdu.
La mort a déchiré l'horizon de ma vie,
Je cherchois le bonheur, la tombe a répondu:
  Pourquoi, foible mortel, dans ton superbe rêve,
Promènes-tu si loin ton regard incertain?
Pourquoi, dans cette lice, où ta course s'achève,
Chercher à tes désirs un terme si lointain?
  Tu t'élances, tu cours où brille ta chimère;
Déjà, près d'y toucher, tu redoubles tes pas;
Déjà.... mais, au milieu de ta vaste carrière,
Ne vois-tu pas la tombe.... où t'attend le trépas.
  Ainsi, dans ce vallon, qui livra l'Ausonie
Au guerrier africain, son superbe fléau,
J'ai d'un antique pont vu la masse hardie,
Monument colossal.... jeté sur un ruisseau!
  Tout, du peuple éternel respirant le génie,
Sembloit y déceler ses immortels travaux;

A 6

J'ai vu le pont croulant, j'ai vu l'onde tarie,
Appuyé, tout pensif, sous ses vastes arceaux.
Tels j'ai vu les mortels, sur le cours de leur âge,
Bâtir de leurs projets l'édifice orgueilleux.
Le torrent a séché, d'abord après l'orage,
Et laissé sur ses bords le monument oiseux.
Sur le penchant des monts, en de gras pâturages,
Qu'un rempart de rochers dérobe au vent du nord,
Tranquillement bercé des plus douces images,
Aux premiers feux du jour l'heureux pasteur s'endort.
Il se réveille enfin au bruit de la tempête ;
Sent les épais frimats sur son front amassés,
Et le vent de la mort courbant déjà sa tête
Sur les gouffres sans fonds, que son soufle a creusés.
Alors, de son sommeil rappelant les mensonges,
Il va se reportant à l'heure du matin.
Tel le vieillard mourant se rappelle les songes
De ses jours écoulés, dont le terme est voisin.
Hélas ! moins fortuné, dans ma course funeste,
Ai-je même joui des douceurs du sommeil ?
Mon ame de ses jours sent s'échapper le reste,
Et presque en m'endormant, j'ai trouvé le réveil !
Ah ! qui de mes longs jours me rendra l'espérance ?
Qui versera la vie et l'espoir dans mon cœur ?
Qui me rendra, grand Dieu ! pour calmer ma souffrance,
La douce illusion qui faisoit mon bonheur ?
Hélas ! j'ai des mortels trop connu la misère ;
Depuis long-temps pour moi leurs plaisirs sont perdus ;
Avec un cœur de feu j'habite encor la terre,
Et j'invoque un bonheur.... auquel je ne crois plus !
Ah ! quand l'Ancien des jours, écoutant sa clémence,
De mes ans écoulés prolongeroit le cours,
Pourroit-il donc, ce Dieu, par sa toute-puissance,
Me rendre à mon erreur, pour consoler mes jours ?
En vain, pour épancher mon ardente tendresse,
J'ai cherché quelque ami qui comprît mes souhaits ;
Je n'ai trouvé partout qu'égoïsme et bassesse,
Vils égoûts au fronton d'un superbe palais !

Je cherchois cet ami dans mes nuits, dans mes veilles....
Tout-à-coup dans mon sein mon cœur a tressailli;
Des voix par leurs accords ont frappé mes oreilles,
Chantant ce que souvent mon cœur avoit senti.
Long-temps j'ai savouré ces chants avec délices;
J'ai cherché d'où partoit ce concert enchanteur;
Hélas! je n'ai trouvé que sentimens factices,
Et des cœurs orgueilleux qui repoussoient mon cœur!
Par ses trop vains désirs mon ame consumée,
Sous des regrets amers succomboit chaque jour.
Je me suis écrié: « Vous, gloire, renommée,
» Donnez-moi le bonheur, je renonce à l'amour! »
La gloire!... Qu'ai-je dit? Hélas! sur cette terre,
Où tous, pour l'arracher, s'élancent à l'envi,
Comment espérerois-je, et foible et solitaire,
De pouvoir quelque jour en recueillir le fruit?
Vains fruits, trop poursuivis, par quelle jouissance
De qui vous a cueillis comblez-vous le désir?
Quelle est de ses travaux la douce récompense?
Il vous cueille aujourd'hui.... demain il faut mourir!
Bien souvent l'Eridan sur ses fertiles grèves,
M'a vu porter mes pas tout pensif et sans voix,
Et, sur le mont voisin, contempler dans mes rêves,
Le temple, où dans la mort, dort la poudre des Rois.
Oh! dit mon triste cœur, coupole triomphale,
Sombre séjour de mort, monument des combats,
De nos maux ici bas telle est la loi fatale;
Le temple de la gloire est celui du trépas!
Je dis, et cependant, près des dômes funèbres,
J'aperçois le soleil ouvrant un jour nouveau;
Tel que, pour dissiper de plus sombres ténèbres,
L'astre de l'espérance au-delà du tombeau!
Oui, par delà la tombe est ma seule espérance.
Telle la pyramide, au milieu des déserts,
A sa base un sépulcre, où sa masse commence,
Et sa cime aux regards se cache dans les airs.
Oui, j'ose l'espérer, mon désir m'en est gage;
Dans mon séjour futur habite le bonheur.

Toujours devant mes yeux, cette si chère image,
Dans mes plus noirs instans, sait charmer ma douleur.
Soit que le roi du jour commence sa carrière,
Soit qu'aux bords d'occident il achève son tour,
Soit que l'astre des nuits succède à sa lumière,
Mon cœur, bercé d'espoir, rêve cet heureux jour.
« Oh! que j'aime à te voir, astre des rêveries;
» Que j'aime à contempler ton paisible rayon,
» Ou dormant sur l'émail de ces vertes prairies,
» Ou de molles clartés colorant les vallons! »
« Toi, témoin des douleurs où mon ame succombe,
» Astre de l'espérance, astre des souvenirs,
» Hélas! que ton rayon sera beau sur la tombe,
» Lorsque dans le cercueil dormiront mes désirs! »
Oui, le jour que la mort fermera ma paupière,
Là-bas, dans le vallon, près du saule pleureur,
Rendez aux rais du soir, ma dépouille à la terre....
Et gravez sur ma tombe: « Il chercha le bonheur! »
Peut-être, quelque jour, dans ce lieu funéraire,
Le mortel, que mon cœur si long-temps a rêvé,
Sur ma tombe un instant s'assiéra solitaire,
Rêvant à ce bonheur.... que je n'ai pas trouvé!....

CHOIX DE BANNIÈRE

OU

AVANTAGES DE LA LITTÉRATURE DU 19.e SIÈCLE SUR CELLE DU 18.e, ET DE L'ÉCRIVAIN CHRÉTIEN SUR LE SOI-DISANT PHILOSOPHE :

DÉDIÉ

A S. E. LE COMTE DE M.***

Contemplez les deux camps; comparez et jugez!

TROISIÈME ÉPANCHEMENT.

O vous, qui, dévorés des flammes du génie,
Consacrez aux neuf sœurs votre naissante vie,
Et cherchez le renom dans leur culte sacré,
Contemplez l'univers en deux camps séparé!
Voyez s'ouvrir à vous une double carrière,
Et, de vos jeunes ans pour choisir la bannière,
Contemplez les deux camps; comparez et jugez!
Ici, les longs malheurs, les talens, les dangers;
La haine des méchans, des vertus l'apanage;
Et le feu du génie, et le feu du courage.
Là, le petit esprit, et l'orgueil insolent,
Et le vil intérêt, et le crime puissant.

Qu'au temps des d'Alembert, des Rousseau, des Voltaire,
La triste illusion, qui régnoit sur la terre,
Par des appas trompeurs put séduire un cœur droit,
Mon esprit s'en indigne, et pourtant le conçoit.
Tout sembloit conspirer, dans ces jours de folies,
A pousser le talent dans les rangs des impies.
On pouvoit applaudir dans leurs bruyans efforts
La force du courage, ou du moins ses dehors.

De leur siècle bravant l'esprit et la croyance,
Ils sembloient chaque jour s'offrir avec constance
Aux dangers qu'en secret ils savoient conjurer.
L'éclat de leur succès put les faire admirer.
  Sans doute il n'étoit pas sans grandeur, sans audace,
Cet effrayant complot d'une perverse race,
Qui, du sein de la France, heureuse de ses lois,
De la France fidèle à son culte, à ses rois,
Toute brillante encor de l'éclat du grand âge,
Conçut l'affreux projet, pour assouvir sa rage,
De l'arracher au joug de ses rois, de son Dieu;
De changer son esprit, osa se faire un jeu,
Et prétendre aux Français imposer son génie.
  Tel, du sombre Milton quand la muse hardie,
A l'aspect d'un mortel qui goûte le bonheur,
Peint le roi des enfers frémissant de fureur,
D'un vol impétueux s'élançant sur la terre,
Sur l'œuvre du Très-Haut exerçant sa colère,
D'un couple fortuné détruisant l'heureux sort,
Et portant dans son sein la misère et la mort.
L'œil admire, étonné, ce spectacle sublime,
Cette grandeur du mal, ce colosse de crime.
  Ainsi, le Tout-Puissant permit que dans ces jours,
Le génie aux méchans prodiguât ses secours,
Et, qu'étonnant l'esprit de l'éclat de leur gloire,
Ils pussent préparer leur funeste victoire;
Et dans les cœurs séduits répandre leur fureur.
  Mais, lorsque de nos jours le parti de l'honneur,
Les nobles champions de l'autel et du trône
Bravent seuls les méchans que leur courage étonne,
Les mépris d'un public aux sophistes livré,
Et les coups du pouvoir dans sa course égaré,
Et le fougueux torrent de l'erreur et du crime;
De la religion quand le chantre sublime
Vient, au pied de la croix, d'ouvrir à nos efforts
De beautés, de grandeurs, d'incroyables trésors;
Quand au drapeau sacré se serre et se rallie
Tout ce que l'univers peut vanter de génie,

Quel sera désormais le mortel insensé,
Dont le choix un instant restera balancé ?

Le siècle de Louis, d'éternelle mémoire,
Déjà ne vivoit plus que du bruit de sa gloire,
D'un siècle tout nouveau, sur l'horizon douteux
Un mortel apparut. Dans son œil orgueilleux,
Sur son front, que marquoit un secret anathème,
Le génie en ses traits s'unissoit au blasphème.
Prodigue de ses dons, le ciel, dans ses fureurs,
Enrichit cet esprit de mille appas trompeurs;
Sa main lui mesura presque un siècle de vie.
Ce monstre, contre Dieu tournant sa rage impie,
Prétendit dans la fange anéantir le jour.
Il parut dans l'arène, employant tour-à-tour
Les armes de sarcasme et celles du génie,
Vomissant le sophisme et des cris de furie.
Esprit universel, il sut tout réunir;
Superficiel, léger, jamais approfondir.
L'imagination, son brillant apanage,
D'incroyables succès entoura son jeune âge.
Rien ne fut difficile à cet esprit pervers;
Il tenta tour-à-tour mille genres divers.
Tout : Dieu, religion, légitimité même,
Il sut tout employer au profit du blasphème.
Ce poème enchanteur, où, sur des tons nouveaux,
Il vanta des Français les souvenirs si beaux;
L'ouvrage, où d'un grand prince il redit la puissance,
Ses vertus, ses grandeurs, la gloire de la France;
Ceux où du christianisme il chanta les bienfaits,
Ses combats, ses héros, ses étonnans effets,
Et sur les passions sa touchante victoire;
Ces chefs-d'œuvres divers le couvrirent de gloire,
Dont il sut employer l'éclat pernicieux
A mieux accréditer ses blasphèmes affreux;
Tel qu'un fils de lumière, à son auteur rebelle.
Tout-à-coup, au travers de son prisme infidelle,
Que son esprit chargea de mobiles couleurs,

A son siècle il osa, dans ses tableaux trompeurs,
Montrer les faits divers, les hommes d'un autre âge;
Et, sur eux, distillant le venin de sa rage,
Dans l'histoire, leçon de toute vérité,
Il ouvrit une école à la perversité.
Patriarche orgueilleux d'une secte naissante,
Il conçut et soutint l'entreprise effrayante
De miner sourdement et le trône et l'autel.
Près de son étendard levé contre le ciel,
Au sacrilége cri de : Renversez l'infâme,
Rassemblant tous les fils de son affreuse trame,
Du crime il rallia les ténébreux enfans.
Il put, dans les horreurs de ses derniers momens,
Tremblant des vérités, dans ses vers bafouées,
Expirant au milieu de ses honteux trophées,
Contempler tous les maux, qu'il avoit préparés.
Tel fut Voltaire.

Auprès du roi des conjurés
Vient, non moins dangereux, le sage de Genêve,
Des sophistes anciens harmonieux élève.
L'imagination, complice de l'erreur,
Parlant dans ses écrits le langage du cœur,
Sut d'un style brillant emprunter la magie,
Mêler la vérité, l'erreur son ennemie,
Et présenter le mal de charme environné.
Habile à tout offrir sous un jour erronné,
A montrer des objets une face isolée,
Sur laquelle il versoit sa chaleur affectée,
Au vice il sut donner l'attrait de la vertu.
Ensemble il réunit, dans son sein combattu,
Et le cœur d'un chrétien, et l'esprit de sophisme,
Flottant entre la croix, et l'affreux scepticisme.
Bientôt, jetant le joug de toute autorité,
Il retrancha son culte à la Divinité;
De sa religion il fit chaque homme maître,
Les peuples du pouvoir, qui d'eux *seuls* tînt son être.
Il soutint, combattit, défendit tour-à-tour
Les systèmes divers qu'il forgeoit chaque jour.

Citant tout au ressor de la raison humaine,
Du doute il répandit la lueur incertaine,
Priva l'homme de foi, de repos, de bonheur,
Et d'ami des humains prit le titre imposteur.
Enfin le Tout-Puissant, terrible en sa vengeance,
Au règne de l'erreur abandonna la France.
Le règne de l'erreur fut celui de la mort.
Ainsi, premiers auteurs de notre triste sort,
Deux sophistes hardis, bouleversant la terre,
Amassèrent sur tous des trésors de colère.
Tels, quand l'astre de feu, qui dispense les jours,
Dans la plaine de l'air a terminé son cours;
On voit sur l'horizon d'effrayans météores
Répandre quelquefois de trompeuses aurores,
Dont le sinistre éclat, de crime avant-coureur,
Eclaire les objets d'une fausse lueur,
Répand sur l'univers l'erreur, l'incertitude,
Verse dans tous les cœurs l'effroi, l'inquiétude;
Et conduit vers l'abîme, à ses yeux dérobé,
Par mille faux détours le voyageur trompé.

L'imagination, source de tant de crimes,
Dut, pour les expier, consoler ses victimes.
Prodiguant aussitôt ses plus riches trésors,
Près d'elle elle appela pour aider ses efforts,
La sensibilité des ames éthérées;
Les nobles sentimens, et les grandes pensées;
La persécution, l'épreuve des grands cœurs;
Et l'honorable exil, et d'illustres malheurs;
Et cette gravité, dignité du génie;
Et l'amour pour son Dieu, ses rois et sa patrie;
Et formant un seul tout de tant de dons divers,
Créa Châteaubriand pour guider l'univers,
Pour plonger dans l'oubli la sinistre mémoire
Des monstres dont l'autre âge abhorroit la victoire.
A la religion il adapta des fleurs,
Que sembloient rejeter ses sévères grandeurs.
Chantre sublime et vrai de tout ce que la terre

Offre à nos yeux de grand, de beau, de salutaire,
De son génie il sut prodiguer les trésors,
Pour parer la vertu d'agréables dehors,
Et faire aimer du cœur ce que l'esprit doit croire.
Du siècle de Louis, dont il redit la gloire,
De Grèce et d'Italie élève harmonieux,
Pour nous il rappela ces âges glorieux.
A nos esprits charmés tour-à-tour fit entendre,
Des Pasteurs du Jourdain le rythme noble et tendre,
Les sublimes accens du chantre d'Illion,
Les cantiques pompeux de l'antique Sion,
Les chants harmonieux du cygne de Mantoue,
Et les simples chansons, où l'Iroquois se joue.
Ensemble il réunit, dans ses chants immortels,
Du sublime Pascal les accens solennels,
Du puissant Bossuet le terrible génie;
Et je ne sais encor quelle grave harmonie,
Noble, mystérieuse, inconnue avant lui,
Et que lui seul encor fait entendre aujourd'hui.
Bientôt, ne conservant, de son premier ouvrage,
Que l'éclat des pensers, et le brillant langage,
Il prédit des Français les malheurs incertains;
Et d'un vaste coup-d'œil embrassant leurs destins,
Porta dans l'avenir le flambeau de l'histoire,
Et du bien, sur le mal, annonça la victoire.
Par des aperçus grands, et jamais hasardeux,
Il remplaça d'abord l'esprit minutieux.
Formant des faits divers un sublime système,
Il sut tout rapporter à l'Arbitre suprême;
Et dans le grand tableau déroulé devant nous,
Montrer la main de Dieu qui domine sur tous.
Les regards attachés sur la main souveraine;
Tel que le nautonnier, dans sa course lointaine,
Fixe à l'astre du nord un œil observateur,
Au travers de ces jours de désordre et d'erreur,
Il marche d'un pas sûr, plein d'une noble audace.
Avançons sans trembler sur son illustre trace;
L'astre qui le conduit ne sauroit l'égarer.

Le siècle, qui n'est plus, et ne sut qu'admirer,
Vit un mortel, fouillant les climats et les âges,
Former un vaste amas de lois, de faits, d'usages;
Sur chacun de ces faits isolés tour-à-tour,
Montesquieu prétendit répandre un nouveau jour.
Mais sur eux, aux lueurs de la philosophie,
Porta l'œil de l'esprit, et non pas du génie.
Puis sur un plan bizarre, après coup combiné,
Que l'œil de la critique à sa base a miné,
Il cousut cet amas de faits et de pensées,
D'aperçus partiels, de phrases compassées.
Au contraire, emporté par son esprit fougueux,
Le sublime Bonald s'égara dans les cieux;
Où même elle n'est pas, vit la main éternelle;
Trouva dans tous les faits sa règle universelle;
Et généralisa, dans ses plans erronnés,
Même ceux qu'au hasard le Très-Haut a livrés.
Que n'a-t-il moins charmé de lois hypothétiques,
Mieux écouté des faits les leçons prophétiques;
Le passé du futur nous prédit le destin,
Et les faits sont pour nous la voix du genre humain;
Mais lui les plia tous à son système immense,
Et des plus opposés appuya sa défense.
Tous deux d'un faux système ont défendu les droits;
Mais, dans l'auteur léger qui compila les lois,
Le faux, à chaque instant, offre son caractère,
Le vice dans l'esprit a sa source première;
Il remplit, il corrompt d'un venin pénétrant
Les membres isolés d'un tout incohérant.
Dans l'écrivain profond, qui des lois générales
Prétendit expliquer les sublimes dédales,
Le faux se voit souvent par le talent proscrit;
Il est dans le système, et n'est pas dans l'esprit.
Si, souvent dominé des mêmes influences,
Le premier offre aux yeux de fausses conséquences,
C'est qu'il a méconnu les rapports éternels,
Qui, liant l'homme aux cieux, unissent les mortels.
Si Bonald, écrivant ses pages solennelles,

Tire de ses erreurs des résultats fidelles,
C'est que sur ces rapports il a su s'appuyer,
Et ne s'est égaré qu'en osant les sonder.
  Sur un fond erronné devant nous il enfante
De fortes vérités une foule entraînante.
Tel, autour d'un rubis dont les fausses couleurs
Abusent nos regards par des feux imposteurs,
Brille de diamans un superbe entourage.

  Au milieu des assauts que, dans le dernier âge,
Livroient à nos autels, objets de leurs fureurs,
De ces mêmes autels d'orgueilleux déserteurs,
Plus d'un soldat du Christ, fidèle à les défendre,
Dans l'arène au combat se hâta de descendre.
Mais, hélas! moins puissans en talent, qu'en vertus,
Et bien moins convainquans qu'ils n'étoient convaincus,
Peu surent adapter la trempe de leurs armes
Aux coups de l'ennemi qui causoit leurs alarmes.
  Notre âge plus heureux, instruit par les erreurs,
A vu de nos autels d'éloquens défenseurs
A la religion prêter leur voix tonnante;
Dès lors de la raison l'autorité puissante
Fut le premier appui de la religion,
Et de l'autorité remplaça la raison.
  Entre tous ces mortels qu'illustre leur courage,
S'élève la Mennais, lumière de notre âge,
Dans son rapide vol, méprisant les vains cris,
Qu'élèvent contre Dieu ses foibles ennemis,
Il les terrassa tous du haut de son génie;
Et, sur les vains débris de leur système impie,
A la religion bâtit d'un bras puissant,
De ces mêmes débris, un trophée éclatant.
  Trop heureux si depuis sa brillante logique
N'en eût dans ses écarts sapé la base antique;
Par des appuis nouveaux, peut-être hasardés,
Remplacé les anciens par le temps éprouvés;
Et si, pour couronner ce sublime trophée,
Il n'eût point, trop rempli d'une auguste pensée,

Adopté des desseins bien moins sûrs que hardis.
Ainsi, près de ces lieux que remplissoient jadis
Les pompeuses grandeurs d'un éphémère empire,
Dans les vastes déserts où s'élevoit Palmyre,
On voit un monument par le temps respecté,
Qu'une puissante main n'acheva qu'à moitié.
L'œil admire, étonné, son imposante masse,
Ses nobles ornemens, et sa sublime audace;
Mais bientôt, d'un regard mesurant sa hauteur,
Sur sa cîme imparfaite il voit avec douleur,
Hardiment élancé quelque ouvrage bizarre,
Que d'Arabes errans une troupe barbare,
Sur ces faîtes pompeux, en passant a jeté.

On diroit, qu'en ce temps par l'erreur infesté,
Tous, jusques aux chrétiens, enfans de l'Évangile,
Respiroient avec l'air un esprit indocile,
Et tous se roidissant contre l'autorité,
Sembloient vouloir briser le joug de l'unité.
Rome vit, ô douleur! sa famille rebelle
Avec ses ennemis rivaliser contre elle,
Lui contester ses droits; et lasse d'obéir,
De ses antiques lois prétendre s'affranchir.
On vit, durant ces jours d'orgueilleuses ténèbres,
De la religion les défenseurs célèbres,
Par l'esprit général tristement entraînés,
A briser des abus se croire destinés;
Et, traitant d'usurpé le pouvoir légitime,
Penser contre ses lois se rebeller sans crime.
Hélas! foibles esprits, dans leur coup-d'œil étroit,
Ils croyoient s'enrichir, en dépouillant leur roi!
Ils osoient s'arroger d'une main téméraire
Le droit qu'ils contestoient au successeur de Pierre.
Tous, de l'indépendance adorant les appas,
Vers le gouffre du schisme avançoient à grands pas.
Les Rois même, aveuglés de cette erreur fatale,
Attisoient de leurs mains la fureur générale.
Nos malheurs, triste fruit de cet esprit hautain,

Ont enfin amorti ce dangereux venin;
Et par l'horreur des maux destinés aux rebelles,
Au centre de l'Eglise ont serré les fidelles.
Enfin Maistre a paru.... Tout s'est tu devant lui.
Des principes anciens inébranlable appui,
Il prit en main leur cause; et ce puissant génie,
Bravant des novateurs la vaine théorie,
Sur l'ensemble des faits fit luire un nouveau jour;
Montra l'erreur fuyant de détour en détour.
Du principe sacré dont une main divine
A placé dans les cieux l'immortelle origine,
Sépara, d'un bras sûr, l'alliage étranger,
Qu'y joignit des mortels le pouvoir passager.
Il nous fit voir du nord le sauvageon robuste
Conduit, *édulcoré*, par un pouvoir auguste.
Ainsi dans ce plan vaste appuyé sur les faits,
Même de l'alliage il montra les bienfaits.
Il fit en sa faveur parler l'histoire entière,
Et des sociétés la raison nécessaire.
Dévoilant l'avenir, son éloquente voix,
Sur leur trône ébranlé, vint réveiller les rois;
Dénonça des complots dirigés contre eux-mêmes;
Leur fit voir sur leur front le sacré diadème,
Tremblant des mêmes coups portés contre l'autel.
Aux chrétiens égarés, dans son livre immortel,
Montra des vérités l'inexplicable chaîne,
Toute entière échappant de la main incertaine,
De qui, dans son orgueil, ose, d'un coup fatal,
Briser de l'unité l'anneau fondamental.
D'abord, il accepta la raison pour arbitre;
Du pouvoir devant elle il discuta le titre,
Porta sur son principe un sévère coup-d'œil;
Puis des esprits rétifs brisant le vain orgueil,
Voulut que la raison, par un effort suprême,
Devant l'autorité s'abjurât elle-même.

Succombant sans effort au funeste ascendant,
Que sur son temps Voltaire obtint en se jouant,

La muse démentit sa céleste origine;
Elle-même, en ces jours conspirant sa ruine,
Au complot contre Dieu vint unir ses efforts.
Ce jour, qui du vrai beau, vit tarir les trésors,
Du siècle de Louis ferma la grande école.
La muse depuis lors, impudique ou frivole,
Ne sut plus, triste fruit d'une orgueilleuse erreur,
Que froidement décrire, ou blesser la pudeur.
Tout dut rester muet pour le poëte impie.
Méconnoissant le Dieu d'où découle la vie,
D'une nature morte il peignit les attraits,
Sans voir le bienfaiteur, décrivit les bienfaits.
Sans talent, sans chaleur, son impuissant génie,
Traîna dans les boudoirs la noble poésie.
Corrompu par le vice, et bientôt corrupteur,
Son vers licencieux outragea la pudeur.
Sans force et sans vertu, son cœur ne put y croire;
Jugeant d'après lui-même, il la crut illusoire;
Il ne vit des mortels que l'aspect odieux;
Tout devint ridicule et plaisant à ses yeux;
Et d'un ton persiffleur, qu'égaya son délire,
Sur le bien, sur le mal il versa la satire.
  Dès lors plus rien de grand. Les talens resserrés
Furent, presqu'en naissant, dans leur course égarés.
Si le chantre d'Alzire a su par intervalles,
Atteindre du parfait les bornes idéales,
Du moins dans ces momens pour lui si glorieux,
Il reprit du chrétien l'esprit religieux.
Du malheureux Gilbert, si la muse caustique
Egala de Boileau la verve satirique;
Du chantre des Jardins, si la douce chaleur
A du vers descriptif animé la froideur;
Si le fils vertueux du chantre d'Athalie,
A parfois consolé la triste poésie;
Et si d'autres encore, hélas! trop peu nombreux,
Ont su dans leurs écrits prendre un essor heureux;
Tous, ils furent chrétiens; et tous bravant leur âge,
De leur muse, au Très-Haut, osèrent faire hommage,

Et la main du Très-Haut, dans leurs vers respecté,
Leur imposa le sceau de l'immortalité.
Eux seuls, de tant d'auteurs, ont des droits à la gloire;
Eux seuls à nos neveux transmettront leur mémoire.
Ainsi d'un temple antique, au milieu des déserts,
Les portiques sacrés s'élancent dans les airs.
De nos jours plus heureux le tendre La Martine,
A rappelé la muse à sa noble origine;
Et l'a fait remonter sur l'aile de l'amour,
Noble fille du ciel, vers le ciel son séjour.
Là, sa main a puisé ce beau feu du génie,
Qui dans ses chants si doux a répandu la vie.
Rempli de cet esprit, dont le souffle divin
Animoit autrefois les chantres du Jourdain,
Il a rouvert pour nous cette source sacrée,
De nos froids rimailleurs si long-temps ignorée.
Son éloquente voix a sur la passion
Versé cette couleur de la religion,
Qui donne un nouveau charme à sa touchante image;
Et de la passion le sublime langage
Dans ses tendres écrits a versé la chaleur.
Ainsi, toujours docile à la voix de son cœur,
Sa main a ressaisi cette lyre sacrée,
Sur laquelle aux déserts de l'antique Judée,
Le prophète royal disoit de l'Eternel
Les étonnans bienfaits et le pacte immortel;
Dont Racine et Rousseau, guidés par leur génie,
Tous deux surent tirer des torrens d'harmonie;
Et qui rendit depuis, sur un ton moins touchant,
Encor quelques beaux sons aux mains de Pompignan.

Ainsi donc une auguste et simple hardiesse,
Aux talens, d'un côté, réunit la noblesse.
De l'autre, un faux brillant, mortel à la chaleur,
Qui rétrécit l'esprit, et qui flétrit le cœur.
O vous, jeunes amans des filles de mémoire,
Vous qu'enflamme l'amour des vertus, de la gloire,
Dont le naissant courage appelle les dangers,
Contemplez les deux camps; comparez, et jugez!

Qui? moi? que je m'attache à cette cause impie,
Que ne décore plus la splendeur du génie;
Qui de son premier chef, de ses premiers enfans,
A toutes les fureurs, et n'a pas les talens.
Ah! non; j'ai fait mon choix.

Salut, noble bannière;
Je veux, les yeux sur toi, poursuivre ma carrière.
Des illustres mortels, qui te prêtent leurs bras,
Oui, je veux désormais suivre de loin les pas.
J'admire leurs talens, leur étonnant génie;
Imiter leurs vertus consolera ma vie.
Si ma foiblesse, hélas! trahissant mon effort,
Ne peut pas, s'élevant à leur sublime essor,
Atteindre sur leur trace une gloire immortelle,
Je parviendrai du moins à la palme éternelle!

FIN.

www.ingramcontent.com/pod-product-compliance
Ingram Content Group UK Ltd.
Pitfield, Milton Keynes, MK11 3LW, UK
UKHW020541230726
13925UKWH00006B/2418